달콤한 공기

작가기획시선 041

달콤한 공기

김영희 시조집

작가

보이지 않는 것을 보려고

가보지 않은 길을 가려고

나의 삶이 나를

자꾸 두드린다.

2025년 원주에서
김영희

차 례

시인의 말

1부

2부

3부

4부

5부

1부

들풀

산마을 둘레길에 대를 잇는 푸른 핏줄
그리움 유배시키려 터를 지킨 들풀들은

향낭은

열지 못한 속내

땅속 깊이 뒀겠다

쓸쓸함과 아름다움은 고요한 동의어
숨결은 더 아래로 읊조리며 내려놓아

저 빛은

울음만큼 환해

제 몸 베고 눕겠다

숲속 저수지

바닥에 홀로 앉아 안부는 접어둔다
햇살을 살살 펴서 문 없는 문을 열고
풍경과 손을 맞잡고 하늘가를 걷는다

안으로 걷는 물길, 자신이 되는 내력
최소의 품 안에서 최대치를 품으면서
산 중턱 고요의 지저귐 구음口吟으로 부른다

적막을 밀고 가는 울음의 행간마다
바닥의 믿음으로 빈 몸을 채워놓고
울울한 산자락 한 폭 슬그머니 안는다

날것의 소낙비가 장구 치며 안겨올 때
무념을 떨쳐내고 귀 열고 길을 내면
다랑논 품새 가볍게 초록으로 피겠다

느티나무* 무늬

나무는 꽃이 져도 꽃의 살을 품고 산다
가지에 출렁이던 한 시절 북소리도
품 안에 원형을 세우니 고요하게 잠긴다

햇살을 무쳐 만든 구호를 키운 자리
풍파에 구멍 뚫린 가슴속 상처까지
둥긋이 부풀어 있던 시간들을 익힌다

폭염과 발굽 소리, 흩날리던 눈보라도
초록빛 이파리로 고요를 입었지만
이름을 썼던 자리는 벗어내도 짙붉다

나이테 그리면서 꿰맨 세월 읽어볼까
옹이에 새긴 무늬 봄 활짝 풀어내는
쇠기둥 의지했지만 들리는가, 그 함성

* 곽재우 의병장이 북을 매달았던 의령군 세간리 현고수懸鼓樹

15

분홍감자

닫힌 듯 캄캄해도 여는 길은 있나 보다
하짓날 설렘 앞에 품을 여는 밭이랑들
옹골찬 꽃숭어리들 동글동글 피었다

봄꽃이 진다는 말 알알이 꿰맨 낱말
깊숙이 묻어놓고 사무침을 익힌 시간
분홍을 자부룩하게 피워놓은 고요함

발자국 찍으라고 길을 내준 땅의 둘레
저 길은 분홍 꽃이 흙 속에 스미던 길
밭이랑 봉긋한 가슴이 열어주는 생의 길

시간은 돌고 돌아 꽃 피고 꽃 지는 일
몇 군데 표정들은 눈물 찍은 테두리지만
목메던 감정을 잘 여며 단단하고 둥글다

달콤한 공기

호박을 노을처럼 품에 안고 돌아왔다
단맛을 손질하고 순정은 널어준다
처음 본 해안마을처럼 낯설어도 정겹다

떨어진 꽃잎처럼 몸 줄이는 청둥호박
아낙의 손길 같은 지순한 바닷바람과
엇비친 늦가을 속살이 오가리에 들었다

해안가 마을 향기 서너 줌 쟁여둔다
햇살과 바람 자리 따라가는 달콤한 공기
그늘도 진홍빛으로 다디달게 익는다

여기는 정선

우거진 그늘 사이
빗더선 구부렁길
참새 떼 앉아 놀다 울음만 놓고 가면
파르르
물무늬 걷다가 가파래진 벼랑길

하룻길 마무리로
노을 휘장 막 내릴 때
야생화 따라 걷다 발 부르튼 산 중턱을
고라니
괜스레 놀라 한껏 뛰다 숨는 길

비밀의 숲속에다
벼랑을 둘러놓고
꽃향기 흩뿌리며 길을 여는 꽃벼루재*
살다가
숨 가쁜 날엔 놀다 쉬다 가는 길

*강원 특별자치도 정선군 여량면과 북평면을 잇는 옛길.

기억의 복판

파도에 묻혔다가 햇살에 빛났다가
바다 위 섬들처럼 보이다 안 보이다
그 몸짓
하나하나는 기억 속이 집이다

모양도 또렷하고 색상도 선명하게
흰 천에 수를 놓듯 오롯이 새겨둔 섬
파고에
묻혀버렸으니 눈대중으로 살핀다

입속에 말을 물고 외돌토리 나서보면
앞장서 재잘대며 폴짝이던 모습 있어
잊힐까
달콤한 공기, 허공 한 폭 안는다

초록 넝쿨

서둘러 올라가면 가마득 휘청일까
슬며시 배밀이로
천천히 올라가요
힘들 땐
바람을 불러 밀어 달라 이르죠

자벌레 길을 재듯 기어서 오르는 길
해묵어 헐벗은 채 빈집 된 고사목과
손잡고 마음 포개며 여름 숲을 채워요

우듬지 새둥주리
왼팔을 걸쳐놓고
몸을 펴 휘장처럼 아기 새 숨겨주며
덩굴손 길게 내밀어
허공 한 폭 꿰매죠

겹겹의 꽃잎

보듬고 다독여서 겹겹이 부푼 꽃잎
나무는 꽃을 낳으며 생애를 이어간다
아가야,
문을 나와야
온 세상이 보이지

보내는 아쉬운 맘 들키지 않으려고
햇살을 담아 놓은 가지 끝에 올려준다
피어라,
상처받고 아파도
너의 꽃을 피워야 해

눈 비벼 밀어주며 리듬 태워 올려주면
제 이름 오롯하게 마디마디 피었었다
그 봄날,
달콤한 공기
송이송이 가득했지

떨림

저 동네 노란 물감 뿌렸을까 찍었을까

마을 길 넘나들며 떨림을 그린 솜씨

바람이 한 점을 물어다 가지 끝에 걸었다

열매는 꽃잎 속에 속살처럼 숨겨놓고

노랑만 접고 펴는 산수유 봄맞이 춤

춤사위 흔들릴 때엔 가지 끝에 기댄다

둥글고 환하게

백토를 한 덩어리 물레에 올려놓고
돌리고 조물 대며
둥글고 매끈해져라
못 듣고
안 보는척해도 동그랗게 차오른다

매만져 다독이면
모서리를 지우는 흙
옷 한 벌 입혀주고 보낸 곳은 불가마 속
불길을
통과하면서 환해지길 기다린다

물레에 올려놓고 나를 좀 돌려주오
가마에 넣어두고 나를 좀 태워주오
눈 감고
마음을 지워 봐도
차오르는 군더더기

아침

빛 담은 선물 상자
하루치가 당도했다
감주 잔 표면 위로
떠오르는 밥알처럼
말갛게
떠오르는 얼굴 하루 안부 건넨다

빛 한 줌 쌀에 넣어
밥솥을 끓여준다
오늘 받은 이 선물도
밥내만큼 따뜻하길
지난밤
뒤엉킨 마음 쾌속 버튼 누른다

언뜻 꽃그늘

소낙비 무게에 눌려 꽃잎이 떨어진다
생이란 비바람과 천둥도 맞아가며
불똥에 속수무책으로 꽃나무도 불타는 일

꽃 지운 가지 끝에 달려있는 빗방울들
투명한 동그라미 꽃잎처럼 피어있다
세상을 환하게 바라보는 버튼 새로 고친다

웃자란 감정으로 부푸는 바람 소리에
꺾여도 빛을 담은 뒤틀린 옹이 속에
짧았던 달콤한 공기 나이테로 그린다

소리의 색깔

새들은 온갖 빛을 입에 물고 날아온다

분홍을 한 점 울고 초록도 풀어놓아

사오월

소리만 담아

화첩 한 권 엮는 산

2부

위로

잘라낸 마디마다 눈물이 맺혀있다

적막이 다녀가고 숨죽인 푸성귀들

서정을 잃은 초록들 경계를 넘는다

된장이 바글바글 음절을 짚어갈 때

향기는 달고 깊어 간절한 슬픔 같다고

뚝배기, 칼의 무늬를 뜨겁게 읽어낸다

속내가 깊어져도 넘어야 할 뜨거운 강

속살까지 게워내고 빗소리로 울음 울 때

조각낸 두부 한 모를 위로처럼 올린다

옷 한 벌

봄빛이 꺼내놓은
벙그는 꽃잎같이
제 빛을 불사르는
낭자한 단풍같이
짜릿한 살빛 냄새로
달싹이는 저 입술

그윽한 눈빛 속에
말갛게 스미다가
고요를 몸에 입고
적멸에 잠긴 촛불
텅 비어 가득한 그곳
남겨놓은 옷 한 벌

귀를 꼭 감고

돌발성 난청이란 진단서를 받아 들 때
아는 듯 모르는 듯 두루뭉술 넘기는 귀
서로들
앞에 서려다
밀고 갈린 말과 말

한 움큼 알약들로 몇 번이나 달래지만
소리의 행간들은 막막하고 몽롱하다
귀와 입
헝클어진 거리,
발끝보다 더 멀다

뒤엉킨 낱말들과 부딪힌 생각들과
캄캄한 공간에서 숨죽인 말들을 위해
나무와
나무의 거리
그 빈칸을 읽는다

과속방지턱

화들짝 다가서면 놀랍고 벅차지요
사랑은 속도보다 스미고 느끼는 일
와락은 서툰 몸짓이죠, 가만가만 오세요

가로로 누운 자리 세상의 가장자리
당신이 다녀간 뒤 속내가 쓰라려요
본능을 질주에 태우고 무심에 든 사람아

쓰린 몸 뉘어놓고 감각을 달래는 밤
말들도 닫아걸고 침묵하는 내 근심은
당신이 남기고 간 무늬 떠나가는 그 속도

몸이 된 내 처음의 상처는 당신의 흔적
순간에 사라지는 굉음을 들으면서
원형의 짊어진 무게 다독이며 지내요

자세를 배우다

거침없이 쏟아내는 어둠의 밑바닥들
주르륵 슬픔들이 허공을 통과했다
비우는
자세를 읽으며
푹푹 젖는 밤거리

돌부리 부딪히면 우회하는 유연함과
바람이 거세지면 방향 따라 휘는 자세
힘들 땐
잠시 멈추는 거라
발끝으로 배운다

직선의 슬픔들은 형체를 벗어내고
곡선을 그려내며 새 길로 들어선다
바닥은
길을 내는 시작점
빗길 따라 걷는다

봄비에게

새는지 흐르는지
희미한 문 기척에
머뭇대다 문을 여니 너 혼자 오는구나
빈 마당
자박대면서 눙치듯이 오는 봄비

너 혼자 오려거든
몰래 왔다 살짝 가지
목련은 화사한데 기다림은 젖는구나
저 꽃잎
다 떨구려면 보고픔도 데려 가렴

딴청

며칠을 살펴보네, 길냥이 먹이통을
허기만 지나가는 멀뚱하고 쓸쓸한 밤
먹이가 다 식었다고 혀를 대는 밤바람

어느새 어디에다 새끼를 낳았을까
불룩했던 배를 털고 어미만 혼자 와서
산책길 소일하듯이 딴청 하며 지나간다

초점을 지운 눈빛 슬픔을 입은 걸음
갸르릉 대답하던 발톱조차 안 보이고
길냥이 품고 있는 딴청 빛을 지운 먼 눈빛

뇌우雷雨처럼

허공을 헛디뎌서 가마득 멈춰 선 곳
산자락 벼랑 끝에 아슬아슬 걸려있다
마디에 피멍이 배여
울먹이는 먹구름

번개는 죽비치고
천둥은 볼멘소리
교착점 부딪힌 맘 아슬한 눈물 둘레
앙가슴 꽂힌 화살촉 쏟아내는 빗줄기

시원한 빗줄기로 한바탕 흐르는 일
골 깊게 팬 자리
상처도 흐르는 길
뭉친 맘 저 뇌우처럼 쏟아내고 싶은 날

초저녁

표면을 누군가가 자꾸만 두들겨요
바람의 소매 끝이 하루를 쓸어내려
청록이
물드는 휘장으로
뒷배경을 좁혀요

여기엔 지금 없는, 한 사람 목소리는
미완의 변주곡은 눈물인 줄도 모르면서
산사의 종소리 따라 수묵화로 번져요

다 못 읽은 글자들이 일렁이다 돌아설 때
어둠이 제 집인 양 숲속 문을 잠그다
덜 아문
상처를 꿰매는
허공 속의 저 빈손

빗방울들

풍경에 포함되는
색깔로 내리더니

꽃잎에 살짝 앉아
꽃물도 드는구나

어쩌다
창틀에 떨어진 넌
부서지고 흩어지나

밤비

적막을 두들기는 검푸른 통곡이다
어쩌다 캄캄한 밤 우물처럼 깊어진 채
감정의 밑바닥까지 밤새도록 잠기느냐

한 줌의 바람일까 한 모금 소식일까
저마다 흩어지는 만 가닥 밤비 소리
견뎌야 건널 수 있는 심중에 둔 밤의 깊이

맞은편 교회 종탑 십자가는 안 젖을까
기도도 간절함도 의미 없이 부서지고
떠나도 떠나지 못하는 네 이름이 밤비구나

어미는 말이다

끈끈이 쥐포수에 아기 쥐가 붙잡혔어
제 새끼 울음소리 어미가 들었나 봐
새까만 쥐눈이콩이
후득후득 튀더라

어미의 놀란 눈과 새끼의 비명소리
잠깐의 적막감이 뼈끝을 다녀가고
날아든 막대 몽둥이에
제 최후를 맡겼어

어미의 일생이란 새끼로 지어졌으니
간절한 어미 마음 가슴으로 읽히더라
그 어미 처연한 최후는
놀람, 체념, 안도감

도굴

미로를 드러내는 얼비친 얼룩 속에

짓무른 상처만큼 소문도 무성하다

도굴꾼 극성에 무너진 달고 붉은 열매들

속살이 드러나고 겉옷이 벗겨져도

선잠과 헛잠들을 행간으로 읽어내면

상처도 붉게 익어가지, 자두라는 그 이름

활짝이라는 말

지난 일 다가올 일 꽃 지고 꽃 피는 일
활짝은 한순간을 피워 둔 그림문자
마음이 헐렁해진 저녁
읽어보는 단어다

그윽이 바라보면 저마다 아픈 마디
뼈아픈 단어들을 더듬더듬 이어놓고
당한 게 아니었다고 내쳤다고 고친다

생각을 두둔하면 마음만 비좁아져
내 안에 닫아놓은
활짝을 불러본다
맨 처음 그린 뜻이라면 그 너머도 환하다

3부

봄날, 1막 3장

아직 다 못다 부른 강물의 봄 노래는
추임새 물박장단 어깨춤도 슬쩍 넣고
말 닫고 지낸 시간은 가사 없는 허밍으로

자갈돌 틈 사이엔 꽃다지 민들레 꽃
나직이 고개 들고 물소리에 귀 세우다
초록을 끌어올리는 작고 여린 손목들

물까치 자리다툼 눈치 없이 끼어들어
숨차게 오르던 길 한 줌을 휘청 잡고
봄빛이 건너온 너머로 먼데 산을 보는 당신

살구꽃 잔치

꽃바람 한 줌 쥐면 초대장 따로 없다

마을 길 들어서자 가만 열린 나무 대문

살구꽃 빗장 푼 집에 바람 나서 가는 날

몸짓들

속살이 다 보이게 시스루 입은 봄비
온종일 자박대는 저 야윈 종아리들
쪼그만 발은 젖는데 추운 줄을 모른다
앞니를 드러내고 종일 웃는 백매화는
겨우내 앓던 속내 털어내고 풀렸는지
향기를 다 퍼주고도 환하고 명랑하다
전투복 벗어내고 맨몸으로 오는 바람
쓰던 칼 어디 두고 다정을 품고 와선
그 성질 접어놓고서 곰살맞게 기댄다

밤 한 톨

여름을 동그랗게 빚어놓은 소리 한 채
옹골찬 밤톨들이 알알이 입을 열면
바람의 옷자락들도
오독오독 여물겠다

저 한 톨 뜨거운 날 많이도 지샜겠다
고독한 방 안에서 가다듬은 단어 하나
가을이 여무는 소리
속살까지 노랗다

어딘가에 갇힌다면 이만큼 견디려나
눈 감고 곧은길을 찾을 갈 수 있으려나
밤 한 톨 주워 들고서
작아지는 내 마음

살얼음판

마음을 읽어보다 강폭을 재어본다
이쪽과 저쪽 기슭 이어볼 생각인데
밤새껏 조바심만 내다 기진해진 속마음

그래도 건너볼까 몇 번을 서성이다
건너기 두려운 강 건넌방에 자리하고
근심만 뒤적이다가 기슭에서 잠든 밤

언 입술 일렁이다 허기진 물의 몸살
못다 한 이야기는 가뭇없이 가라앉고
강폭은 잊지도 못하고 머뭇대는 겨울밤

아무 말 대잔치

왁자한 분위기 속 저마다 세운 목청
충고라는 가면으로 체면을 덮은 후에
에둘러
이심전심이라니
느닷없는 상처다

의심은 혼자 하고 저마다 결론짓고
귓전을 난타하는 아무 말 대잔치들
동고비
씨앗 까먹듯
쪼아 먹고 잊는 말

평행선과 교차선

는개가 은빛으로 차오른 저녁이네
기차는 옛 역사驛舍 바뀐 이름 아랑곳없이
맨 처음 믿어준 방향으로 그지없이 달리네

통점이 박혀있는 침목을 건널 때엔
때로는 불협화음 덜커덕 소리 나도
한 번도 또 다른 길은 기웃대지 않은 듯

평행을 이뤘지만 교차로를 힐끔대다
가끔은 길 끝에서 그늘에 숨는 우리
서로가 색이 다른 꽃을 그려놓고 있었네

그리움 우왕하고 터트리는 마을을 지나
터널 속 아스라이 사라지는 나란한 길
기차는 칸칸을 이어달고 근심 없이 떠나네

까슬

탄생의 첫소리는 울음을 뱉었지만
첫 발음 첫 단어는 가볍고 화사하게
한 번도 사랑 아닌 것을
배우지는 않았다

빈말 속 허기짐을 채우고 비워내다
겉과 속 엇박자에 흔들리는 오랜 안부
어쩌다 손톱 자리에
거스러미 됐을까

시들어 떨어져도 여전히 붉은 꽃잎
눅눅한 그늘 밑에 얼룩으로 한 점 남아
남겨진 핏빛의 상처도
사랑이라 말한다

굽고 졸이고

속은 다 꺼내놓고 하나로 포개면서
상자 속 조붓하게 신방 차린 자반 한 손
소금만 덮고 누워도 바다처럼 푸르던

파도를 밀고 당긴 도도한 지느러미
어물전 드난살이 어깨는 처져가고
덧나고 짓무른 속내 눈물마저 마르고

난바다 건넌 사연 풋풋하고 짜릿해도
서로를 향해 있던 자세는 허술해져
리듬을 조율하려다 지쳐가는 나날들

한때는 몸 포개고 짝이 된 자반 한 손
비린내 쩐 내까지 같은 무늬 새겼었다
이제는 이름만으로 너는 구이 나는 조림

포도

눈빛만 주고받아 톡톡 찍은 동그란 말
속으로 품은 향기도 달콤한 약속마저도
톡하고 터지는 맛에 말을 숨긴 구슬 알

구름은 하얗고 하늘이 파랗다면
포도는 다만 탱글! 표현을 압축한다
모든 걸 담을 수 없으니 그 하나만 담는다

죽방멸치

납작한 꼬리는 대발 틈에 걸려서도
바다를 흔들다가 파도를 끌고 와서
기어이 지느러미 아래 환한 달을 품는다

파도를 부리던 멸치 가문 영역이라야
30미터 수심밖엔 안 되는 깊이지만
뼈대를 곧게 세우면 파도 함께 일어난다

채반에 모여 앉아 또 다른 꿈을 꿀 때
물빛을 뱉어내고 달빛을 몸에 새겨
언덕 위 덕장 주변이 대낮처럼 환하다

독거

회사가 문을 닫자 아내도 입 닫았다
오르던 길을 돌아 혼자서 내려오며
낯모를 누군가와 함께 나눠 마신 식은 라떼

살아온 삶의 기쁨 꺼내보면 숨찬 나날
허기를 느끼던 시절 그마저도 욕심 같아
단출한 홀로 라이프 가뿐하게 지낸다

내게 남은 전리품은 어르신과 할아버지
함께 피고 함께 지던 환한 이름 아련한 날
수십 번 피고 진 꽃이라 향기마저 가볍다

가을 편지

들깨 향 배어있는 농로를 돌아들면
앞섶을 풀어놓은 들풀들 사이사이
떡갈잎 선명한 잎맥도
나풀나풀 앞섭니다

소리도 그늘도 없이 구름은 지나가고
꼬투리 몇 남겨진 검은 비닐 빈 이랑에
까투리 숨죽인 고요가
햇살보다 부십니다

여름날 팽팽하던 햇살을 당겨 와서
한 뼘 더 키가 자란 둔덕길 가장자리
구절초 모여 앉아서
기도하는 날입니다

가을 산

어디가 초입인지
어디가 능선인지

경계를 짓지 않고
한 폭에 담긴 계절

저 산은 구름도 불러
색동옷을 입혔다

4부

무화과를 읽다

꽃잎의 찬란함은 발설된 비밀 같아

세상일 못 듣는 척 아무것도 모르는 척

붉은 꽃 가슴에 품고 눈을 감는 무화과

내 안의 말을 골라 내 몸을 조율하며

가려낸 언어들로 단맛을 채웠지만

생각과 집중만으로 깊어가는 그믐밤

내 안이 꽃밭이라 말 안 하는 무화과는

호명 후 사라지는 귀가 없는 무화과는

행간에 말 없음 표를 적어놓은 짧은 시

음률을 맞추면서

첫 수를 받아 들면 이생의 프롤로그
눈앞을 살피면서 발자국 찍어간다
속엣 말 살살 펴 들 때 다가오는 내일들

한생을 펼쳐 놓자 좋은 날 궂은 날들
눈물이 솟구치는 순간을 건너갈 때
괜찮다 다독여주는 3, 4조의 음률들

삼오사삼 둥근 말들 가슴에 다다르면
어둑한 내 마음도 환하게 불 켜질까
초 중 종 리듬에 맞춰 에필로그 쓰면서

봄날의 성묘

노랑을 가득 풀어 개나리 피운 뜰에
우산도 받지 않고
마중 나온 아버지
내 유년
펼쳐 들고서 봄비 속에 계시네

봉긋한 흙집 마당
가녀린 연둣빛 손짓
가랑비에 젖은 봄을 돌보시는 어머니
귀천 길 갖춘 치마폭
다 젖으면 어쩌나요

빗소리 눈물방울
그리움도 갇힌 시간
둥글고 자그마한
되돌릴 수 없는 시절
가르침 흐트러질까 소리 죽여 웁니다

고인돌이 있는 풍경

다녀간 세상 앞에 추신으로 남긴 사연
이끼로 꽃을 접어 돌 위에 올려놨다
숨소리 고즈넉하게 정적 머문 종착역

잡목 숲 넝쿨 사이 빗더선 햇살 한 줌
기억을 거둬 들고 고독으로 얹은 지붕
다시 올 기록 몇 줄은 지워지는 무늬다

자연에 심취하신 흔적들은 오롯한데
길 닫고 문 안 짓고 인기척도 잠가둔 채
끝없이 깊어지느라 고요만을 남겼다

달빛 혼자 보냅니다

나무가 몸 흔들며 어둠을 털어낼 때
달빛은 어둠들을 툭툭 털어 말아들고
끈 풀려
헐거워진 기억을
조여보라 하네요

적막을 두들기던 어머니 다듬이 소리
아버지 거처하던 사랑채 달그림자
밤이면 목청을 높이던 나무 대문 돌쩌귀

안부를 접어놔도 묵인하는 친구들과
옥수수 붉은 대궁 익어가던 둔덕으로
자잘한
얘기 몇 자 적어
달빛 혼자 보내요

종소리

말 못 한 비원들을 탁설鐸舌로 불러 모아
갈피를 넘기면서 안온을 켜는 소리
빗더선 바람 한 줄기 한 음절로 모인다

봉합이 필요해진 올크러진 생각들은
반경을 좁히면서 한숨을 다스리며
제 아픔 모아들고서 종소리로 눕는다

가로등

어둠을 기다리는 동안엔 주춤거리다

땅거미 한 쪽 귀를 붙잡고 슬그머니

외발로 들어서고 있는 어둠 속의 수형자

저녁 해 집을 찾아 산마루 서성이면

밤하늘 닫힌 문을 곳곳마다 열어준다

혈관 속 뜨거운 피가 마르는 줄 모르고

밤새껏 어둠 위에 길을 내다 타 버린 몸

햇살에 꺼내놓은 뼈들의 흰 마디는

기억은 지워냈다고 그림자만 세운다

반딧불이

수풀을 날아오른 뜻
나는 잘 몰랐는데
깜깜한 여름밤을
수놓아서 새긴 온몸
설렘을 접고 가는 날
별똥별이 된다더라

풀물 밴 들꽃 씨앗
날아가다 길 잃을까
꽁무니에 슬쩍 감춘
조명등 불을 켜고
곡예단 작은 소녀처럼
그네 타고 따라간대

자락자락 가을

가을을 신고 가는 쾌속선 뱃머리가
마을 길 닫아놓고 물길을 열었어요
소리만 나는 지붕 위엔
비행기가 떴겠네요

그 옛날 마을 어귀 뛰어놀던 유년 시절
비행기 소리 나면 항공 외치며 숨었다죠?
오늘은 놀라지 마시고 마실 길로 나오세요

자락자락 가을 풀어 둘러보기 좋은 날
물속의 고샅길은 표정을 잃지 않고
옛 모습 갖추고 나와
흑백으로 걷겠네요

사진 속에 있었네

어디든 머물러있을 접어둔 그 거리와
식물처럼 순하던 기억을 열어본다
불현듯 누군가에게
닿고 싶은 점 하나

가끔은 빛과 그늘 빈터도 지났지만
깃발처럼 흩날리던 햇살의 발자국들
살짝만 건드려도 터질
비밀스런 웃음보

바람을 따라가며 꽃처럼 흔들리다
떠돌이 구름처럼 겁 없이 함께 울던
눈부신 순간의 이름
시기 장소 배경들

뒤란 이야기

어머니 떠나시니 뒤란도 허허롭다

정화수 담아내다 빈 몸이 된 하얀 사발

햇살을 담아보다가 지루해져 쪽잠이다

기원으로 하루하루 마중하던 어머니

팔 남매 꽃피우던 오래된 아침 풍경

온 가족 밥상머리는 장맛처럼 달았다

엎어놓은 항아리에 모아진 옛 향기도

어느 날 허물어져 지워질 뒤란 풍경

봉숭아 맨드라미도 눈시울을 붉힌다

몽돌 가족

하루를 조율하며 단란하게 사는구나
해안가 둘러앉아 귀를 씻어 말리다가

파도에 화음 맞추며
노래하는 가족들

나설 땐 얼른 가자 감싸주던 등허리
다시금 돌아오면 데려온 바람 함께

해변을 넘노닐다가
춤을 추는 가족들

사는 건 운문 한 줄 얻으면 충분하다고
모난 곳 차락차락 쓰다듬어 주면서

볕에 타 까매졌어도
빛이 나는 가족들

토렴을 배우다

차갑고 뜨거운 말 몇 번을 섞었을까
텁텁한 감정들은 데워주며 걸러주다
몇 조각 잘게 썬 대파를 미소처럼 올린다

묵묵히 국물 뜨며 눈빛이 교차할 때
스르르 풀어지는 가슴속 응어리들
와자한 웃음소리 위에 하얀 입김 섞인다

몸 안의 팽팽함과 토라졌던 다정들이
뚝배기 뱃속처럼 꾸밈없이 드러나고
검질긴 오해와 편견 상처들을 지운다

겨울

산마루 짱짱하게
열어놓고 오고 있다
서로의 문안에서
안부가 궁금할 즈음

은빛을
흩뿌려놓고
흰옷 입고 오고 있다

5부

깊고 푸른 나무

스치고 꺾인 마디 아리고 쓰라린 날

숲속을 거닐면서 나무를 바라본다

몇 군데 피멍이 박혀도 깊고 푸른 나무들

꺾이고 패인 곳에 남겨진 흉터 자국

덧나고 짓물러도 멈칫멈칫 지킨 자리

상처를 다스려 빚은 옹이들은 향낭일까?

흔들려 비틀댈 때 중심 잡던 우듬지랑

떨림을 창조해 낸 핏줄 세운 가지들

뒤틀린 나이테들은 숨 고르던 자셀까?

손을 베다

새 책을 급히 펴다
손끝을 쓱 베었다
수풀을 이룰 때는 둥글고 고요한데
켜켜이 잘리고 벗겨지면
자존감을 세운다

어여삐 바라보고 자작자작 챙겨주고
몇 줄은 밑줄 그어 마음으로 품어야만
노긋한 갈피 갈피를 열어 보여 주려나

얼마나 접어둬야
헌책처럼 넘겨질까
툭하면 빳빳하고 다급하면 날 세우고
선혈이 엇비친 행간
마주하는 내 모습

포구의 휴식

포구에 몸 맡기고 휴식에 든 목선들

버거운 시간들이 한나절 휴식이다

모여서 옹송그리는 향기에게 나마스떼!

흔적을 지워 봐도 비릿하게 살아온 길

위태로운 질문들도 덩달아 가팔랐다

파도를 연주하다 돌아선 바람에게 나마스까르!

꽃 소식

봄
개나리 진달래가 빛살을 나르는 날
담장 안 살구꽃도 문 열고 길 나선다
봄날을 완성했다고 생각 접는 백목련

여름
그늘진 구석까지 흠뻑흠뻑 돋은 꽃물
박꽃도 은근슬쩍 달빛에 물드는 밤
칸나는 돌아온 애인, 농염해진 저 입술

가을
찻잔에 국화 꽃잎 또다시 피는 시간
단풍잎 바람 따라 오소소 몰려간 길
계절을 앓고야 마는 코스모스 진혼무

겨울
산수유 열매 물고 짝 찾는 철새 떼들
홀연히 꽃을 피운 비혼 주의 겨울 장미
온종일 덮어만 주다 창백해진 눈꽃 송이

화절령

한 굽이 휘돌아갈 때 한 송이 꺾어든다
수풀 속 야생화는 공간만큼만 잎을 열고
물줄기 하나 없어도 꽃물 들어 붉은 길

가파른 고갯길에 바람이 몸을 털면
젖은 맘 걷어내야 꽃바람에 실린다고
격식도 화장도 지우고 가난하게 꽃이 핀다

어디쯤 왔나 하고 나를 찾아 뒤돌아보면
꽃 꺾고 길 꺾으며 세상 벗은 화절령
꽃으로 눈뜨는 길섶에 가슴 한편 얹고 간다

산

먼 곳에 두고 온 듯 때로는 곁에 온 듯

바라보면 가까운 곳 다가서면 아득한 곳

첫사랑 그 이름처럼

가깝고도 먼 풍경

이런 고요

무엇도 원치 않고 고요에 잠긴 바위
텅텅 빈 공간들은 나직해서 다정하다
허공이 몸이었던 것처럼
고적하게 앉은 산

마애불 새긴 뜻을 한평생 받았으니
저 바위 빈손으로 속마음도 비웠겠다
행간을 다 열어 놓고도
제자리 지킨 미륵산

모성의 품속 같은 흙으로 빚었을까
부성의 손길 같은 바람으로 닦았을까
세상과 부딪히지 않게
소리 닫은 폐사지

양파

손발은 받지 못해 동그랗게 태어났어
온 마음 기울여서 온몸이 된다는 것
부모님 물려주신 뜻 온몸으로 입었어

눈물로 달래보고 찬물에 담그다가
옷도 다 벗겨내고 칼날이 다가오네
잘리고 삶아진대도 향기만은 품겠어

돌처럼 겉과 속이 같아야 당당하지
겹겹의 속살까지 꾸밈없는 모습으로
다시금 태어난대도 동그랗게 오겠어

가을에는

철새들 날갯짓에 개장한 하늘 바다
오후엔 구름 불러
뱃놀이나 떠날까
담장 밑
해바라기로 삿대 하나 만들어서

빨강 노랑 맨드라미
돛대로 세워놓고
밤에는 태양인 양 빛을 켜라 일러야지
백일홍,
백일 간만 달리자 꽃잎 뜯어 날리며

꾀꼬리단풍

누군가 실을 풀어 홀로 앉아 꿰맸을까
부문별 장인들이 둘러앉아 지었을까
올올이 내놓은 솜씨 가을 한 벌 입은 산

잎맥은 한 땀 한 땀 박음질로 꿰맸나 봐
솔기에 접혀진 색 뒤집어 주느라고
바람이 참견하면서 입김 한 번 후 분다

주머니

내 곁에 머물면서 속까지 다 내준 너
목메는 마음으로 눈물길 걸어갈 때
온몸을
비워놓고서 잡아주며 반기는

거칠고 차가운 말 귓가에 웅얼거려
손끝이 저 혼자서 파르르 떨릴 때면
깊숙이
잡아 이끄는 동굴 같은 그 자리

사는 일 그런 게야, 그래도 가야 한다
방향을 놓쳐버려 가뭇없이 지칠 때쯤
숨겨둔
애인들처럼 손을 잡는 슬그머니

만개滿開

산허리 언뜻 지나 담담한 묵화 한 점
지우는 듯 아슴푸레,
그리는 듯 고요롭다
실핏줄 곧추세우며 막막해도 걷는 길

꺼내든 문장들로 벼리는 독백의 꿈
윤곽을 표현하는 농도가 짙어진다
한 잎씩 은유를 읊조려
넓혀가는 저 영토

가득히 채운 둘레 안온한 꽃의 시간
오늘 밤 만개한 꽃
누리도 찬란하다
꽃잎을 그려나가며 겉과 속을 채운 달

나를 쓰는 밤

봄
웅크려 접힌 들판 살살 펴는 짧은 밤에
코끝을 간질이는 흙냄새가 나를 훔쳐
늦도록 끌려다니다 나를 잃고 말았다

여름
서늘한 저녁 공기 한 폭만 얻으려다
미리내 흐르는 별 찬란한 빛에 빠져
아이고, 내 안의 빛은 꺼내지도 못했다

가을
무언가 그리려다 엎질러진 물감처럼
호로록 몸을 떨다 옹송그려 모여 앉은
낙엽이 흘리고 간 무늬 한 줌 베껴 챙긴다

겨울
빈들에 함박눈이 하얗게 쌓이는 밤
책상 위 파지들도 자꾸만 쌓여간다
끝없이 쌓여갈수록 환해지는 겨울밤

마른 꽃에게

과장도 수식들도 지우고 벗어내자
살갗을 열고 닫던 벌 나비도 떠나가도
꽃잎은 세상만 뚝뚝 접으라고 하잖아

깨어난 새싹들은 물려받은 꽃밭에서
환하고 맑은 꽃을 옹골차게 피울 거야
우리가 서로서로에게 펴 나르던 온도로

혈관을 말린다고 리라* 음률 내겠냐마는
퇴화의 시간이라 생각하지 말자꾸나
침묵은 시간 뒤의 시간, 아름다운 언어야

이울다 몸 지우고 사라지는 한철보다
풍경에 시나브로 포함되는 사소한 일
베어 문 향기 꼭 품고 깨어 있자 꽃들아

*고대 그리스의 악기, 시나 운율을 읊을 때 사용되던 현악기

백화난만의 상상력과 시적 통어統御

김종회(문학평론가, 전 경희대 교수)

백화난만의 상상력과 시적 통어統御

─ 김영희 시조집 『달콤한 공기』

김종회(문학평론가, 전 경희대 교수)

1. 대상에서 시를 얻는 새 방식

김영희는 시를 쓰고 또 시조를 쓰는 시인이다. 청정하고 산자수명山紫水明한 고장 강원도 정선 출생이며, 2014년 《문학과 의식》을 통해 시로 등단했다. 그로부터 8년 후 2022년 《강원시조》에서 단시조문학상을 받으며 시조시인 으로 이름을 올렸다. 그동안 『여름 나기를 이야기하는 동 안』을 비롯하여 4권의 시집을 냈으며, 시조집 『바람이 노 래하는 곳』을 상재上梓했다. 시조 창작 활동의 결과로 청담 시조작품상과 천강문학상 시조 대상을 받은 관록이 있다.

김영희의 시력詩歷을 두고 볼 때 시인에 비해 시조시인으로서의 연륜은 그다지 길지 않다. 그러나 10년 세월의 시 창작 축적이 있는 만큼, 그의 시조 또한 고른 수준과 상찬賞讚할 만한 성취에 이르고 있다. 그는 이 시조집 〈시인의 말〉에서 '보이지 않는 것'과 '가보지 않은 길'을 추구하고 있음을 밝혀두었다.

이는 시인으로서의 의도와 방향성을 잘 함축하고 있는 언사다. 그의 시조를 통독해 보면, 늘 눈에 보이는 모든 대상에게서 눈에 보이지 않는 여러 내면을 탐색하고 있음을 알 수 있다. 그리하여 한결같이 그것의 내포적 의미를 적출하는 방식을 견지한다. 이는 곧 그가 밝힌 새로운 길에 대한 추구와 매한가지의 창작법이다. 일찍이 로버트 프로스트가 쓴 시 「가지 않은 길」은 인생 행로의 구분에 대한 성찰이지만, 김영희의 이 길은 시적 대상을 응대하는 방법론에 관한 것이다. 그는 이 근원적이고 내포적인 의미망의 구성과 이를 서정적 발화로 치환하는 데 능숙하다. 동시에 고르고 고른 시어들이 조화로운 연대를 구축하고 그것은 연시조와 같은 확장을 통해 새롭고도 산뜻한 시 한 편을 산출한다. 그런 만큼 이 시인의 상상력은 활달하게 펼쳐져 있으며, 시조가 갖는 형식적 제약 속에서 합당한 통어력統御力을 보여준다.

2. 사물의 본질과 시인의 자각

삼라만상 가운데서 시적 소재를 발굴하는 기량은 곧 시인의 자산이다. 그러므로 시인은 풀 한 포기 바람 한 점을 보고도 명상한다. 시인의 눈은 여느 완상객玩賞客의 그것과 다르다. 그 외형이 감추고 있는, 그 속에 엎드리고 잠복해 있는 본질의 실체를 시의 문면文面 위로 부양浮揚하기 때문이다. 이 시집 1부의 시조들은 이 대목을 잘 감각 하게 한다. 「숲속 저수지」에서 '문 없는 문'을 열고 하늘가를 걷는 일, 「분홍감자」에서 '분홍을 자부룩하게 피워놓은 고요함'이나 「겹겹의 꽃잎」에서 상처받고 아파도 피워야 하는 '너의 꽃' 등의 표현이 그와 같은 어법을 반영한다. 이 시작詩作의 방정식에 익숙해지면, 문득 시인은 언어의 연금술사가 되는 길을 지향한다.

산마을 둘레길에 대를 잇는 푸른 핏줄
그리움 유배시키려 터를 지킨 들풀들은

향낭은

열지 못한 속내

땅속 깊이 뒀겠다

쓸쓸함과 아름다움은 고요한 동의어
숨결은 더 아래로 읊조리며 내려놓아

저 빛은

울음만큼 환해

제 몸 베고 눕겠다

—「들풀」 전문

산마을 둘레길 길섶에 핀 들풀에서, 시인은 '대를 잇는
푸른 핏줄'을 보고 있다. 참 야무진 상상력이다. 더욱이 그
들풀들이 '그리움 유배시키려 터를 지킨' 존재에 이른다.
범상한 견식으로는 얻을 수 없는 구절이다. 그 들풀의 향
방에 대한 짐작은, 확연한 판단을 유보함으로써 오히려 시
적 묘미를 얻었다. 2연에 이르면 '쓸쓸함과 아름다움'이 고
요한 동의어란 언표言表를 사용한다. 그로써 생성되는 빛
이 '울음만큼 환해' 마침내 제 몸 베고 눕겠다는 관찰에 이
른다. 깔끔하고 단단한 시어들이다.

새들은 온갖 빛을 입에 물고 날아온다
분홍을 한 점 울고 초록도 풀어놓아
사오월

소리만 담아

화첩 한 권 엮는 산

　　　　　　　　　　　—「소리의 색깔」 전문

소리에 색깔이 있을까. 소리는 청각 이미지이고 색깔은
시각 이미지이다. 이 양자를 하나의 묶음으로 형상화하고
그 의미를 유추하자면, 상당한 사유思惟의 증폭작용이 필
요하다. 그런데 이 시조의 시어들은 사뭇 편안하고 자유롭
다. '새들은 온갖 빛을 입에 물고' 날아온다. 이렇게 새 울
음소리에서 빛의 소재所在를 읽어내는 관점이 작동한다.
거기다 '분홍을 한 점 물고' 초록도 풀어놓는다. 마침내 '사
오월 소리만 담아' 그 결과로 '화첩 한 권 엮는 산'이 된다.
복합적 상상력이 확산된, 잘 매만져진 시다.

3. 세상의 경물과 내면의 심층

왜 시인은 시를 쓸까. 자기 안에 있는 표현 욕구가 우선
적인 동인動因일 것이다. 그렇다면 그 표현의 궁극은 무엇
일까. 삶의 이치에 대한 이해와 깨달음이 아닐까 한다. 형
이상학적 사고와 다양한 기법을 동원한 시적 글쓰기는, 결
국 우리 삶의 가장 밑바닥에 숨어 있는 실체적 진실을 확
인하려는 시도에 다름 아니다. 이 시집 2부의 시들에서, 시

인은 그 심층 탐사의 멀고도 지속적인 도정道程에 가시적인 세상의 경물景物들을 적극 활용한다. 「위로」에서 '숨 죽은 푸성귀들'의 눈물을 보는 일, 「자세를 배우다」에서 '바닥은 길을 내는 시작점'이란 인식, 그리고 「어미는 말이다」에서 '끈끈이 쥐 포수'에 붙잡힌 아기 쥐와 그를 본 어미의 눈 등이 모두 그렇다.

> 새는지 흐르는지
> 희미한 문 기척에
> 머뭇대다 문을 여니 너 혼자 오는구나
> 빈 마당
> 자박대면서 눙치듯이 오는 봄비
>
> 너 혼자 오려거든
> 몰래 왔다 살짝 가지
> 목련은 화사한데 기다림은 젖는구나
> 저 꽃잎
> 다 떨구려면 보고픔도 데려 가렴
>
> ─「봄비에게」 전문

자연경관을 불러온 시 가운데, 매우 아름다운 작품이다. 시적 화자는 '빈 마당 자박대면서 눙치듯이 오는 봄비'를 응시하고 있다. 얼핏 최남선의 「혼자 앉아서」가 떠오르는

명편이다. 여기에서 화자를 찾아온 봄비가 꼭 기후 현상뿐일 리 없다. 비 뒤에 사람의 그림자가 있고, 사정은 2연에서도 마찬가지다. '화사한데 기다림은 젖는' 목련은, 그 또한 이름을 발설하지 않은 누군가의 자태를 형용한다. 그리움과 안타까움의 대상이 된 어떤 이의 이름 한 자 말하지 않고서도, 이 시는 그 절실한 감정을 충실히 쓸어 담았다.

> 지난 일 다가올 일 꽃 지고 꽃 피는 일
> 활짝은 한순간을 피워 둔 그림문자
> 마음이 헐렁해진 저녁
> 읽어보는 단어다
>
> ─「활짝이라는 말」 부분

화자는 꽃을 거명하지 아니하고, 그 꽃이 한껏 핀 모양을 나타내는 '활짝'이라는 부사를 주제어로 선택했다. '지난 일 다가올 일'이 '꽃지고 꽃피는 일'인데, 활짝은 그 순간을 지칭하는 '그림문자'라는 것이다. 꽃이 활짝 피면 마음이 헐렁해지는 저녁이 오는 것은 누구에게나 동일한 현상일까. 꽃피는 저녁의 정취를 이토록 순정하고 고요하게 묘사하기란 쉬운 일일 수 없다. 3연에 이르러 어느덧 시인은 '내 안에 달아놓은' 활짝을 불러본다. 그것이 '맨 처음 그린 뜻'이라면 그 너머도 환한 지경地境이라는 것이 시인의 생각이다.

4. 만상이 모두 가르침의 서책

《논어》술이편에 '삼인행 필유아사三人行必有我師'란 격언이 있다. 세 사람이 길을 가면 그중에 반드시 나의 스승이 있다, 곧 우리 주변의 사람들에게서 항상 배울 점이 있다는 의미다. 어떤 사람이든 장점이 있으며 그것을 배워야한다는 겸손한 태도를 일컫는다. 시인은 사람과 사물과 자연을 모두 스승으로 간주할 수 있는 열린 마음의 소유자다. 특히 3부의 시에서 김영희 시인이 보이고 있는 관점이특히 그렇다. 「살구꽃 잔치」에서 '꽃바람 한 줌'의 초대장, 「굽고 졸이고」에서 생선 자반 요리가 암시하는 우리 삶의국면, 「가을 산」에서 '구름도 불러 색동옷'을 입는 산의 형색이 그와 같다. 만상萬象의 구석마다 시인에게 건네는 교술자의 목소리가 잠겨 있는 형국이다.

마음을 읽어보다 강폭을 재어본다
이쪽과 저쪽 기슭 이어볼 생각인데
밤새껏 조바심만 내다 기진해진 속마음

그래도 건너볼까 몇 번을 서성이다
건너기 두려운 강 건넌방에 자리하고
근심만 뒤적이다가 기슭에서 잠든 밤
―「살얼음판」 부분

    강물 앞에서 화자의 마음과 삶의 길을 가늠해 보는 시다. 그러기에 마음을 읽어보다 강폭을 재어보는 것이다. 이때의 읽어보기와 재어보기는 서로 다른 유형의 측정이지만, 그것이 지칭하는 평가와 판단의 추정치는 다른 것이 아니다. 인생길의 주요한 과정을 상징하는 경점更點이 암시적이고 간접적인 언급으로 제시되기에 좋은 시가 되는 터다. 그와 같은 연유로 강의 살얼음과 속마음의 조바심이 하나의 계량기 위에 놓이는 것이 아닌가. 이 양자 사이의 비교와 계측이 계속되면서, 근심만 뒤적이다가 기슭에서 잠드는 것이 우리 삶의 형상이 아니던가.

> 통점이 박혀있는 침목을 건널 때엔
> 때로는 불협화음 덜커덕 소리 나도
> 한 번도 또 다른 길은 기웃대지 않은 듯
>
> 평행을 이뤘지만 교차로를 힐끔대다
> 가끔은 길 끝에서 그늘에 숨는 우리
> 서로가 색이 다른 꽃을 그려놓고 있었네
> ―「평행선과 교차선」 부분

    화자는 기찻길 곁에서 그 평행과 교차의 운명적 존재양식을 목격하고 있다. '맨 처음 믿어준 방향으로' 달리는 기차는, 침목을 건널 때 불협화음이 나도 다른 길 기웃대지 않고 '그지없이' 달린다. 두 선로는 끝없이 평행을 이루고 있지만 교차로를 힐끔대기도 한다. '가끔은 길 끝에서 그늘에 숨는 우리'는, 이 두 길을 주시하는 관찰자다. 종국에 이르러 평행과 교차는 '서로가 색이 다른 꽃'을 그려놓는다. 오래도록 공존하는 길, 만남과 헤어짐의 길을 기차의 선로에 설득력 있게 탑재한 시다.

5. 시각의 열림과 관점의 깊이

17세에 첫 시집을 내고 20세에 펜을 놓은 프랑스의 시인 아르튀르 랭보의 짧고 독특하고 강렬한 창작 이력은, 이른바 '견자見者, Le Voyant의 시학'이란 용어를 남겼다. 이 경우의 견자는 시인이 시간과 공간을 꿰뚫어 보고 인습적인 제약과 통제를 거부하며 예언자적 목소리를 내는 지점에 이를 것을 요구한다. 그래야만 타인이 쓸 수 없는 시를 쓸 수 있고, 그만큼 좋은 작품의 산출에 도달한다는 논리다. 이 시집 4부에 수록된 시들은 이렇게 제3의 눈, 시안詩眼의 기능과 힘을 잘 활용한다. 「봄날의 성묘」에서 이생에서처럼 만나는 아버지와 어머니, 「뒤란 이야기」에서 어머니 떠난 뒤란의 담론, 「겨울」에서 은빛과 흰옷에 기댄 겨울의 의인화 등이 그 세목이 된다.

꽃잎의 찬란함은 발설된 비밀 같아
세상일 못 듣는 척 아무것도 모르는 척
붉은 꽃 가슴에 품고 눈을 감는 무화과

(중략)

내 안이 꽃밭이라 말 안 하는 무화과는
호명 후 사라지는 귀가 없는 무화과는
행간에 말 없음 표를 적어놓은 짧은 시
　　　　　　　　　　　—「무화과를 읽다」 부분

　무화과를 읽는 것은, 무화과꽃을 응시하는 데서 그치지
않고 그 꽃과 열매가 상징하며 함축하는 제3의 뜻을 상정
하는 행위다. 그렇게 숨은 보화와 같은 뜻이 있기에, '꽃잎
의 찬란함'은 '발설된 비밀' 같고 붉은 꽃 가슴에 품고 눈을
감는 행태行態가 된다. '내 안이 꽃밭'인데도 말하지 않고
듣지 않는 무화과는, 그 존립의 근거가 자신의 내부로 침
윤할 수밖에 없다. 그래서 결미에 이르러 시적 화자는, 이
상황을 통할하여 '행간에 말 없음 표를 적어 놓은 짧은 시'
라고 규정하는 것이다.

　어둠을 기다리는 동안엔 주춤거리다

땅거미 한 쪽 귀를 붙잡고 슬그머니

외발로 들어서고 있는 어둠 속의 수형자

(중략)

밤새껏 어둠 위에 길을 내다 타버린 몸

햇살에 꺼내놓은 뼈들의 흰 마디는

기억은 지워냈다고 그림자만 세운다

─「가로등」 부분

   화자는 가로등에 대해 '어둠 속의 수형자'라는 매우 가혹한 레토릭을 부여한다. 어둠을 기다리며 주춤거리고 땅거미 한 쪽 귀를 붙잡고 슬그머니 외발로 들어서는 모양이 어딘지 모르게 좀 모자라고 부자연스럽다. 그런데도 밤새껏 어둠 위에 길을 내다 '타버린 몸'의 포즈를 지킨다. 가로등이 햇살에 꺼내놓은 '뼈들의 흰 마디'는, 기억을 제척하고 그림자만 내세우는 형편이다. 우리가 매일 지나는 거리의 흔하게 보는 가로등에서, 이처럼 웅숭깊고 사려 깊은 담화를 도출한다면 그는 정녕 견자로서의 시인이다.

6. 삶의 다층적 곡절과 감응력

'인생만사 새옹지마塞翁之馬'란 옛말이 있다. 인간의 길
흉화복이 돌고 돈다는 말로, 인생의 덧없음을 비유적으로
이르는 개념이다. 국가의 흥망지사도 그러하겠거니와 우
리의 개인적 삶에 있어서도 사정은 별반 다르지 않다. 이
를 이야기 구조로 서술하면 소설이 될 터이고, 압축적이고
비유법적으로 가다듬으면 시가 되지 않겠는가. 문제는 그
인생사의 조건에 대한 답변, 독자에게 공감과 감동을 촉발
할 수 있는 시이어야 제값을 인정받을 것이다. 이 시집 5부
의 시 가운데 「포구의 휴식」이 발설하는 '나마스떼'의 인
사, 「화절령」이 환기하는 꽃 한 송이의 초절超絶, 그리고
「이런 고요」에서 만나는 세상과의 폐절廢絶에는 그러한 탈
속과 각성의 의식들이 서식하고 있다.

　　　스치고 꺾인 마디 아리고 쓰라린 날

　　　숲속을 거닐면서 나무를 바라본다

　　　몇 군데 피멍이 박혀도 깊고 푸른 나무들

　　　(중략)

흔들려 비틀댈 때 중심 잡던 우듬지랑

떨림을 창조해 낸 핏줄 세운 가지들

뒤틀린 나이테들은 숨 고르던 자셀까?
　　　　　　　　　　　　　―「깊고 푸른 나무」부분

　시의 중심에 '피멍이 박혀도 깊고 푸른' 나무들이 있다.
화자는 숲속을 거닐면서 그 나무들을 바라본다. 이 화자의
시선은 자못 순 방향적이어서 '상처를 다스려 빚은 옹이
들'은 향낭일까 하고 묻는다. 여기에서의 나무는 줄기 끝
부분을 지칭하는 우듬지와 핏줄 세운 가지들을 거느리고
있다. 이 깊고 푸른 양태樣態들을 배경으로 화자는 묻는다.
'뒤틀린 나이테들은 숨 고르던 자셀까?' 화자가 운위하는
나무에서 세상사의 다층적인 곡절과 그로 인한 감명의 힘
이 동시에 숨 쉬고 있는 시의 한 구절이다.

　　과장도 수식들도 지우고 벗어내자
　　살갗을 열고 닫던 벌 나비도 떠나가도
　　꽃잎은 세상만 뚝뚝 접으라고 하잖아

　　(중략)

이울다 몸 지우고 사라지는 한철보다
풍경에 시나브로 포함되는 사소한 일
베어 문 향기 꼭 품고 깨어 있자 꽃들아
　　　　　　　　　　—「마른 꽃에게」부분

　'마른 꽃'은 심하게 말하면 꽃의 최후다. 생기발랄하던
얼굴은 간데없고 삭은 쭉정이 같은 신세로 전락한, 꽃의
가장 말기다. 하지만 시인은 그렇게 수긍하지 않는다. 그
가 제3의 눈을 가진 자이기 때문이다. '꽃잎은 세상만 뚝뚝
접으라고' 해도, 이를 '퇴화의 시간'이라 여기지 않고 '침묵
은 시간 뒤의 시간, 아름다운 언어'라고 강변한다. 그 마지
막에 이르기까지 '베어 문 향기 꼭 품고 깨어 있자'라고 권
유한다. 마른 꽃 한 송이가 빛나는 생화의 시기를 훌쩍 넘
어서는 순간이다. 여기에 놀라운 시적 승급昇給이 있다.

　우리는 이제까지 김영희 시인의 시조집 『달콤한 공기』
를 주의 깊게 그리고 정성 들여 살펴보았다. 여러 권의 시
집을 내놓은 시인답게 그의 시조에서 결이 고운 시어의 선
택, 부드러운 서정성의 향유, 애틋한 감성적 이미지의 활
용, 선명한 메시지의 응축과 전달, 잘 짜인 시적 구조 등 여
러 덕목을 한꺼번에 발견할 수 있었다. 그런가 하면 순우
리말의 소환이나 연시조로의 확장 등 우리 시조의 발전에
기여하는 요소들도 목도할 수 있었다. 이 글에서는 굳이

시조의 형식적 특성에 기반을 둔 논의가 필요하지 않을 듯하여 그 방향을 따르지는 않았다. 대신에 모두 5부로 구분된 각 부의 시조들을, 주로 주제론적 관점에서 조합하고 분석하고 평설했다. 이 만만치 않은 작업의 후감後感은, 참좋은 시조시인을 만났다는 흔연함이었다. 바라기로는 그의 시와 시조가 가일층 일진월보하여, 우리로 하여금 더 큰 시 읽기의 기쁨을 누리게 해주었으면 한다.

달콤한 공기

2025년 5월 14일 초판 1쇄 인쇄
2025년 5월 20일 초판 1쇄 발행

지은이 | 김영희
펴낸이 | 孫貞順

펴낸곳 | 도서출판 작가
     (03756) 서울 서대문구 북아현로6길 50
     전화 | 02)365-8111~2　팩스 | 02)365-8110
     이메일 | cultura@cultura.co.kr
     홈페이지 | www.cultura.co.kr
     등록번호 | 제13-630호(2000. 2. 9.)

편집 | 손희 김치성 설재원
디자인 | 오경은 이동홍
영업 | 박영민
관리 | 이용승

ISBN 979-11-94366-80-5 (03810)

* 잘못된 책은 구입하신 서점에서 바꾸어 드립니다.

* 이 시조집은 원주문화재단 2025문화예술지원금으로 발간하였습니다.

값 12,000원